世界众神全书

太喜欢神话了！

Myths from around the World

中　国　神　话（下篇）

知中编委会　编著

中信出版集团 | 北京

图书在版编目（CIP）数据

太喜欢神话了！世界众神全书. 中国神话. 下篇 / 知中编委会编著. -- 北京：中信出版社, 2021.2 （2021.12重印）
ISBN 978-7-5217-2661-9

Ⅰ. ①太… Ⅱ. ①知… Ⅲ. ①神话－作品集－中国 Ⅳ. ①I17

中国版本图书馆CIP数据核字（2020）第270111号

太喜欢神话了！世界众神全书
中国神话（下篇）

编　　著：知中编委会
出版发行：中信出版集团股份有限公司
（北京市朝阳区惠新东街甲4号富盛大厦2座　邮编　100029）
承 印 者：北京盛通印刷股份有限公司

开　　本：787mm × 1092mm　1/16　　印　　张：4.25　　字　　数：100千字
版　　次：2021年2月第1版　　印　　次：2021年12月第3次印刷
书　　号：ISBN 978-7-5217-2661-9
定　　价：39.90元

Contents 目录

ZHI CHINA
知中

太喜欢神话了！ 世界众神全书

出版人 & 总经理
苏静

艺术指导
龚心宇

内容监制
陈宝心

插画师
刘鑫阔 / 侯翀

封面字体
宋康

策划编辑
苏静 / 吕晓婧

责任编辑
池旭

营销编辑
王沛 / 谢沐 / 金慧霖 / 陆琮

撰稿人
刘天宇 / 林绪颖

发行支持
中信出版集团股份有限公司
（北京市朝阳区惠新东街甲 4 号，
富盛大厦 2 座 邮编：100029）

微博账号
@ 知中 ZHICHINA

微信账号
ZHICHINA2017

联系我们
zhichina@foxmail.com

中国神话（下篇）

人类根据想象创造诸神。后来，不管是古代宗教信仰中的神祇，还是早期民间信仰流传下来的传说故事，又都渗入中国神话的血液之中，为此领域带来无穷的魅力。以至于数千年来，中国博大精深的文明里，从文学、艺术、民俗文化、宗教、哲学、历史，乃至天文、地理，无不有神话的踪影。各种因素的融合，也练就出独一无二的中国神殿。这些神祇，在中国古代人民的生活中，一直扮演着重要的角色。

这一册我们除了延续上册的上古原始神话，还加入部分夏朝以后具备代表性且流传已久的、被纳入神话范围的仙话和民间传说等。我们将这些故事中生动活泼的情节、形象丰富的主角，进行更为趣味化的介绍，带你领略不一样的中国神话世界。

夸父与日逐走，入日。渴，欲得饮，饮于河、渭；河、渭不足，北饮大泽。未至，道渴而死。弃其杖，化为邓林。

——《山海经·海外北经》

追日的『飞毛腿』巨人

在上古的北方有一个夸父族，他们住在北方的大山中，个个身强力壮，身材高大，如巨人一般，站在那里就像一座座铁塔一样。夸父族人的打扮十分狂野前卫，耳朵上挂着由两条黄蛇制作的耳饰，两手中各握一条蛇，看起来很凶恶的样子，但其实，夸父族的巨人们面恶心善，他们本性善良朴实。

那么，为什么我们今天提到夸父，指的却只有一个人了呢？这要从夸父族一个勇敢的巨人说起。这个夸父族人比其他同伴个子还要高，跑得像风一样快，在族中是出了名的飞毛腿。然而，心高气傲的他，并不满于现有的成绩，决定要和太阳赛跑，一比高下。清晨，太阳刚升起来，他便拄着桃木手杖，迈着大步，风驰电掣般向太阳冲去。这一路，他跃过了无数高山峡谷、河流湖泊。太阳在天空行走，还坐着羲和驾驭的龙车，一路很顺畅。这个夸父族人却不一样，他是在大地上奔跑，要不断地克服各种各样的障碍。可他丝毫不在意这些不公平，因为他的目标只有一个，就是追上太阳。

早上出发的时候，这个夸父族人看起来和太阳还有很远的距离。等到中午，离太阳已经近了很多。傍晚，太阳到达禺谷，前面就是崦嵫山，穿过崦嵫山，这一天就算是结束了。这时候，这个夸父族人已经十分接近太阳，近距离看太阳，它就像一个大光球，那么光明，那么灿烂。他终于追上了太阳！他看着红彤彤的太阳，张开双臂，想要捉住它。

可是，巨人已经整整一天没喝水，又跑了几万里的路，早已疲倦不堪。加上太阳又这么炙热，烤得他口干舌燥，难以忍受。夸父族人只好俯下身子，一口气喝干了黄河的水。可是对他来说，这根本不解渴，他又一口喝干了渭河。口渴虽缓解了一些，但还是不够。他记得北方有个叫瀚海的大泽，方圆千里，一定可以让他喝个够。想到这里，夸父族人拔腿就往北方跑去，可在半路他就因为缺水过多，整个人像一座小山一样轰隆一声倒在地上，渴死了。他死后，手杖化作了桃林，树上硕果累累，可以供人解渴、充饥，这是他为世人做出的最后的贡献。

后来，因为这些不凡的事迹，人们就把这位来自夸父族的巨人叫作夸父了。

文：刘天宇
绘：刘鑫阔

夸父追日

据［明］蒋应镐绘《山海经图绘全像》中夸父画像创作

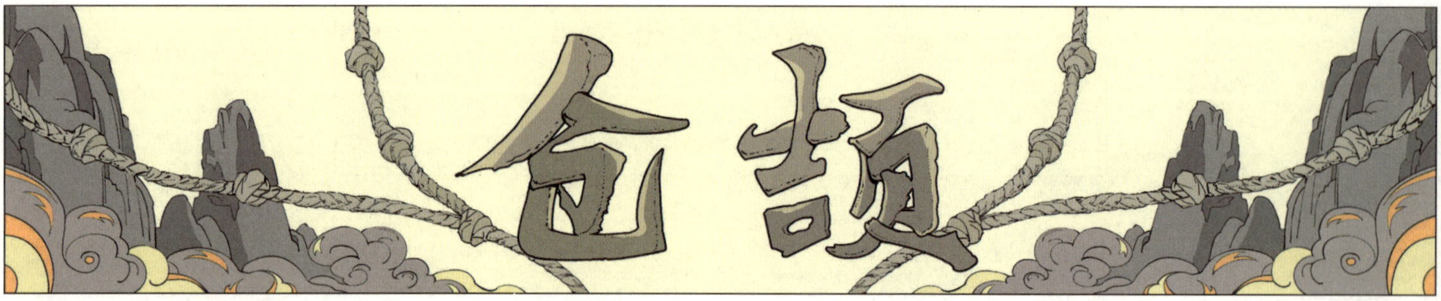

奚仲作车，仓颉作书，后稷作稼，皋陶作刑，昆吾作陶，夏鲧作城，此六人者，所作当矣。

——《吕氏春秋·君守》，吕不韦及其门客 / 编写

惊天地的造字圣人

汉字是谁创造的呢？传说就是史皇仓颉创造的。

这个号称史皇的仓颉，生来就很特别。据说他长着一张宽大的龙脸，脸上长有四只眼睛，发着灵光。他还是个婴儿时，就喜欢拿起笔来涂涂画画。长大了就爱动脑筋想问题，思考天地万物的变化。他时常仰望天上魁星的曲线，低头观察龟背上的花纹、鸟雀的羽毛、山川起伏的形态，并根据这些大自然的景象，在手上指指画画。

一天，仓颉去参加集体的狩猎活动。在一个路口，他看到几个猎人指着地上的凹陷痕迹，在争论该往哪边走。仓颉上前一打听才知道，原来这几个猎人看到地上有野鹿、羚羊还有老虎的脚印，在争论该沿着哪条路去追不同的野兽。仓颉突然灵感乍现：因为脚印的形状各不相同，人们得以区分各种动物的踪迹。如果能抓住事物的特征，画出那些百姓们都能认识的图像，不就可以传达意思，并记录生活了吗？

于是，仓颉便开始注意观察各种事物的特征，从天上的太阳、月亮、星星和云朵，到地上的山川、湖海、飞禽走兽和常用物品。他用线条把要表达物体的外形特征勾画出来，创造了象形文字。比如“日”字，是照着圆圆的太阳画的；“月”字，是仿着月牙儿描的；“爪”字，看着就像鸟儿野兽的爪子；等等。仓颉潜下心来仔细观察，创造出了许许多多的字。仓颉把他造的这些文字献给黄帝，黄帝很高兴，召集各部落族长，让仓颉把这些字传授给他们。从此，世间万事万物也可以被记录下来了。

传闻，仓颉成功造字时，发生过很多奇怪的事情。比如白天突然下粟如雨，晚上听到鬼神哭嚎。于是有人认为，仓颉造字使得天机泄露，是件惊天地、泣鬼神的大事。也有人认为，因为有了文字，部分人可能不再从事体力劳动，耕种土地，而开始要钻研学问。天神担心人间粮食不足，故而落下谷子。而且由于有了文字，那些邪恶坏事可能从此会被记录和揭露出来，坏的鬼神就哭泣了。为纪念仓颉的功绩，许多文人、学生都奉仓颉为“先师”“文字圣人”。

制字先师仓颉

文：林绪颖
绘：刘鑫阔

据［唐］房玄龄等著《晋书》文字想象创作

精卫

> 发鸠之山，其上多柘木，有鸟焉，其状如乌，文首，白喙，赤足，名曰精卫，其鸣自詨。是炎帝之少女，名曰女娃。
>
> ——《山海经·北山经》

填海的小鸟

炎帝有个最心爱的小女儿，名字叫作女娃。虽然名字有些普通，但她聪明伶俐，又善解人意，不光炎帝视她为掌上明珠，炎帝的臣子们也都非常疼爱她。他们喜欢陪着可爱的小女娃一起玩耍，自然而然，小女娃从小便成为大家的开心果，给大家带来了无限的欢乐。

有一年的夏天，炎帝和大臣们都有要事在身，没人陪小女娃玩。天是那么的热，太阳就像个大火炉一样，感到无聊的小女娃，便一个人悄悄跑到东海划船玩水了。这是女娃第一次见到大海，只见水波浩渺，无边无际。远处的水波连绵，时而聚合，时而分散。这时正是大海平静的时候，海面上风平浪静，水纹如同平铺的丝绢和藤萝，海水自如地吞吐呼吸，海浪温柔地抚摸着岩上的礁石。小女娃被面前壮观的景色深深吸引了，她划着小船，在大海里尽情地嬉戏，大海也像个慈祥的母亲一样，拥抱着她的孩子。

可是大海上的风浪就像孩子的脸，说变就变。本来女娃看见太阳快要落山，正准备回家，大海上却忽然刮起了狂风，海浪一层高过一层，甚至高过几层楼，直扑向女娃的小船。身躯娇小的小女娃怎么能抵挡这样的风浪啊！不管她怎么挣扎，都是徒劳的。“救命啊！”女娃用尽全身的力量呼救，可是海风太大，根本没人听得见她的呼喊。海浪就像一个可恶的巨人，操弄着女娃的小船，不一会儿小船就被大浪掀翻，女娃也淹死在东海里了。炎帝和他的臣子们，都伤心欲绝。

女娃死后，变成了一只鸟，花头、白嘴、红脚，形状有一点像乌鸦，名字叫精卫。精卫鸟住在北方的发鸠山上，她痛恨自己被无情的大海夺去了生命，便经常衔着小石子、小树枝丢到东海里，试图填平大海。尽管大海那么浩瀚，就像一个无底洞，可精卫从来不气馁，坚持不懈。为了获得更多帮助，她还和海燕结成配偶，生下的雄鸟像海燕，雌鸟像精卫，她的孩子们和她一样，日复一日去填大海，直至今日。据说，如今东海上的许多岛屿就是由她的孩子们填海造起来的呢。

文：刘天宇
绘：刘鑫阔

精卫填海

据陈晋容绘连环画《精卫填海》（1983）创作

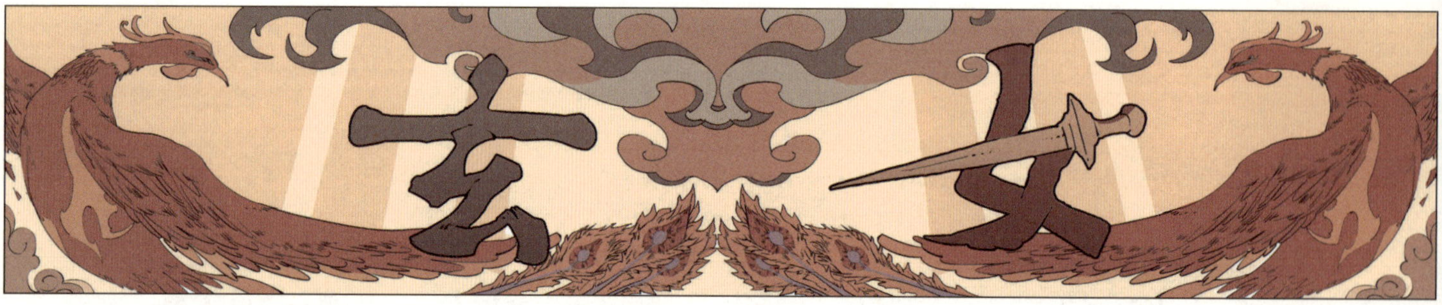

黄帝归于太山，三日三夜，雾冥。有一妇人，人首鸟形，黄帝稽首再拜，伏不敢起。妇人曰：吾玄女也，子欲何问？

——《太平御览》，李昉 / 著

掌握兵法的战斗救星

相传与黄帝大战的蚩尤能作法，可在战斗时呼风唤雨。本来还是晴空万里，忽然间却狂风大作，吹得黄帝的军队睁不开眼睛。随即暴雨如注，泥泞的地面让将士们难以行走。蚩尤还能造起伸手不见五指的大雾，使黄帝和他的军队迷失了方向，就像没头苍蝇一样乱撞。就这样，黄帝的军队大败，而蚩尤则在黄帝后面紧追不舍。双方连续大战九场，黄帝九战皆败，一直退兵到了太山脚下。

大雾持续了三天三夜。怎么才能破解蚩尤的法术呢？黄帝的眉头拧成了八字，苦思冥想，仍是不得要领。黄帝正在沉思时，只见一个人首鸟身的奇女子，脚踏七彩祥云，从远处飘然而至。黄帝知道这是盖世女神来拯救他了，连忙跪下拜了又拜。

飞来的女神开口说道：“我是玄女，今来教授于你，你有什么想要问我的？”黄帝诚恳地请教玄女：“我想要万战万胜，为民除害，不知应该如何做到呢？”

于是，玄女便将兵法传授给了黄帝，这里面包括破解蚩尤法术的方法。黄帝灵活运用玄女传授的兵法，从此以后百战百胜，最终打败了蚩尤。玄女自然也被视为女战神了。

后来，玄女也成了道教信奉的神，成了道教神系中地位仅次于西王母的女天神。据说，玄女不但传授黄帝兵法，还将六壬、遁甲、兵符、印剑等物一并授予黄帝。又有一种说法，说玄女取来奇兽夔牛，为黄帝制成夔牛皮鼓八十面。此鼓擂起来惊天动地，一震五百里。黄帝擂起夔牛皮鼓，连震三千八百里，吓得蚩尤的人马魂飞魄散，为黄帝最终胜利创造了条件。

玄女作为救人于危难、谙熟兵法、替天行道的神，很多民间故事中都将一些名将说成是玄女的弟子。比如，在《水浒传》中，玄女便将天书传授给宋江，后来宋江每逢敌将有妖法奇阵，便会在天书中寻找破解之道。

女战神玄女

文：刘天宇
绘：刘鑫阔

据［日］葛饰北斋绘《浮世绘水浒传》中玄女像创作

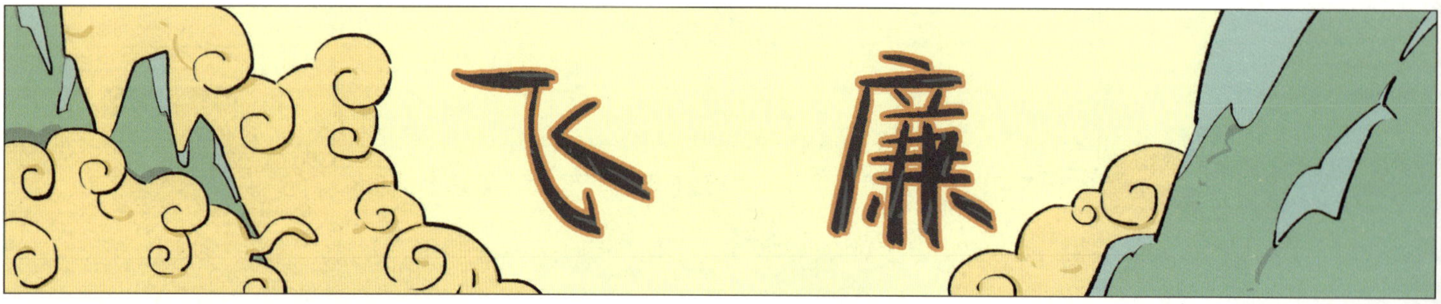

飞廉

前望舒使先驱兮，后飞廉使奔属。

——《离骚》，屈原 / 著

制造狂风的风伯

飞 廉

称 号 四方神 风神

◎ **装 备：**风
◎ **必杀技：**风术

远古时代，人们认为天上有分别掌管雷、电、雨的大神，当然也少不了专门掌控风的天神——飞廉（大家也喜欢叫他风伯）。飞廉拥有着鹿的身体，但是头却是鸟的样貌，头上还长着峥嵘古怪的角，更像是一只奇特的神禽。飞廉是蚩尤的师弟，年轻的时候主要在祁山修炼。也是在那段时光，飞廉掌握了御风而飞的本领。

在黄帝时期，飞廉是蚩尤手下的一名大将。既然是黄帝冤家的手下，蚩尤和黄帝的那场恶战，也就是鼎鼎有名的涿鹿之战，当然会有风伯飞廉出场。传说蚩尤请来了飞廉、雨师助阵。飞廉的出场就像一场飓风过境，战场上的将士们都被吹得站不稳脚，晕头转向。而雨师则施展法术，大降暴雨，黄帝部众一时处于劣势。后来，黄帝用从玄女那里学来的阵势，叫来了自己的女儿旱魃助阵，又利用了风后所制造的指南车，辨别了方向，几经波折，才把蚩尤打败。

飞廉被黄帝打败之后，乖乖地做了掌管风的神灵。他的主要职责就是掌管风息，运通四时的气候。飞廉作为天帝出巡的先锋，负责排除路上的一切障碍，为天帝开路。但听说，也有些人认为飞廉是凶神。因为他一旦发脾气，就爱大肆搞破坏，制造像台风般的坏天气。

有关飞廉，还有传说他是秦人的先祖。商纣王时期，飞廉是商朝重臣，飞廉和恶来父子俩都是后来秦国国君的先祖。飞廉特别擅长行走，他就以自己这个特长为纣王效力。后来众所皆知，周武王击败了纣王。听闻这个消息后，飞廉自杀以殉国，天帝认为他的忠诚值得表彰，就用石棺掩埋他，并使他成为风神。

风神飞廉

文：林绪颖
绘：侯翀

据［汉］《淮南子·俶真训》文献创作

天女魃

有系昆之山者，有共工之台，射者不敢北乡。有人衣青衣，名曰黄帝女魃。

——《山海经·大荒北经》

带来旱灾的黄帝之女

天女魃是黄帝的女儿，她的服饰品味很单一，平时总穿着朴素的青色衣服。她住在系昆山，在这个地方，有个共工祭台。

在那场有名的黄帝和蚩尤的大战中，天女魃也是父亲黄帝手下一名得力的帮手。在一场战争刚开始的时候，黄帝先召出了他的神龙应龙。应龙施展神力，顿时天上下起了暴雨。但对手蚩尤请来他们阵营的风伯和雨师两位神仙共同施力，纵起了一场更大的狂风暴雨。蚩尤又占了上风。为了应对这场大风雨，黄帝就从天上唤来了自己的女儿——天女魃到人间，让她协助战斗。说来神奇，因为天女魃的出现，风雨瞬间被止住。天女魃运用体内大量的炎热，帮助父亲黄帝顺利地杀死了蚩尤阵营里的几名大将。

然而，天女魃大概因神力消耗过多，或是在战争中沾染了邪气，她发现自己再也不能回到天上了。本来天神留在凡间是屈尊了。没想到由于天女魃天生火气盛，她在凡间居住的地方自她住下那天，就一滴雨都不会下了。周遭的百姓们苦不堪言，对这位神仙的评价都很不好，叫她“旱魃”。

后来周民族的始祖后稷的侄子叔均对黄帝说：“你的女儿魃现在在人间生活。但她使得周围的百姓都没法好好过日子。黄帝你可想想办法啊！“黄帝应允了，左思右想，就把没法回到天上去的天女魃安置在赤水的北边，也就是前面提到的系昆山。因解决了干旱问题，叔均也做了田神。

但是，这安排让魃不能接受。赤水以北非常荒僻无聊，魃想要外出四处看看。可是她每到一个地方，那个地方就不再下雨，导致当地的人们都想驱逐她。那又是怎么个驱逐法呢？当地的人们想了一个妙计。因为魃离去后当地往往就会下起暴雨，所以他们事先把水道开好，把沟渠挖通。然后，他们到魃面前动之以情地求情诉苦，希望她尽快离开当地，不要让当地百姓受苦。

天女魃贵为神，却这般不招人待见，她心里怕是也不好受吧。她也不多说什么，往往一受到驱逐，她就失落地回到赤水以北的家里。一旦她离开，原本干旱的地方，很快就会天降大雨，大地会得到滋润。

作为黄帝的女儿，魃的形象本应是美貌的仙女。然而，大概因为她会带来旱灾，她也就在人们的口中从一个美貌的女子变成一个秃顶的丑陋女人了。

文：林绪颖
绘：侯翀

天女魃

据《山海经·大荒北经》文献创作

赤松子，神农时为雨师。服水玉，教神农，能入火自烧。至昆仑山上，常止西王母石室中，随风雨上下。炎帝少女追之，亦得仙俱去。

——《列仙传》

不怕火烧的雨师

赤松子是一位仙人，他和另一个仙人宁封子有一个相似的技能，都能“入火自烧”。相传赤松子服食一种叫“水玉”的宝贵药物以滋养自己的身体。渐渐地，他练成了一个特殊本领，就是能够跳进熊熊烈火里焚烧自己，却毫发无伤，还能随着烟气上下飘浮。

成仙后，赤松子常常到昆仑山，有时候他就歇息在西王母曾经住过的石屋里。昆仑山常常烟雨迷蒙，当风雨来的时候，身子非常轻飘的他，就在高山的悬崖上随着风雨上下往来，好不自在。

炎帝的一个女儿，特别羡慕赤松子成仙，就追随着他学习仙术，后来也成了仙，并跟随着赤松子一同去了遥远的地方。

神农治理国家的时候，曾有一段大旱的日子。连续好些天不下雨，导致河流都干涸。树木也枯萎了，没有树木护住土壤，则山体倾泻，大地崩裂，到处沙土纷扬。这时候，赤松子出现了。

总是随性生活的赤松子看着像个野人，说话有些癫狂。赤松子成仙后被命作雨师，专门管下雨的。到帝喾高辛氏治理国家的时候，赤松子被帝喾重新召回来，再次成为掌管雨的官。后来的雨师之职，就是以他为榜样设置的。

赤松子在民间算是比较有名的一位仙人。在当时人的心目中，赤松子是一位行事低调、从不张扬的神仙。所以，后来人会用他来比喻那些担心功高震主，所以在立大功后韬光隐迹的能人。

在道教经典《道藏》里有一本劝善书叫《赤松子中诫经》。它流行于西晋年间，相传为赤松子所编，但无处可以求证。

文：林绪颖
绘：刘鑫阔

雨师赤松子

据［汉］《列仙传》文献创作

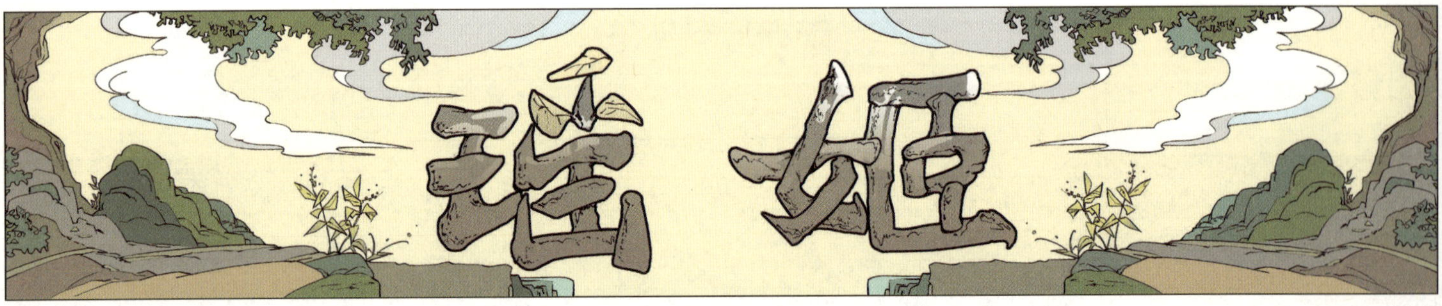

赤帝女瑶姬，未行而卒，葬于巫山之阳，故曰巫山之女。

——《昭明文选》，萧统 / 编著

变作云雨的巫山女神

相传，瑶姬是炎帝的小女儿。她年纪很轻的时候就死了。瑶姬死后，她的精魂幻化成了一种草，叫瑶草。瑶草的果实有着神奇的功效，谁要是吃了它，就可以轻易受人喜爱。据说，瑶姬托身于瑶草的地方在一座山里，这座山叫“姑媱之山”。

瑶姬死后被埋在了巫山，成了巫山女神。宋玉在《高唐赋》中说，战国时期，楚怀王到云梦泽的高唐台游玩，白天小睡了一会儿，梦见一位容貌美艳的女神，来到了他的面前，自称是巫山女神。神女离开之际，楚怀王问女神的来历，她回答道：“我就住在巫山的南面最险峻的地方。清晨我会变成一片朝云，傍晚我会化作一场暮雨。每天早晚，我的形貌就在山南的高台之下变换。”第二天醒来，怀王留心观察天空的景致，果然像神女所说的一样。于是，楚怀王就在当地为女神建造庙宇，庙的名字就叫“朝云”。后来，据说楚怀王的儿子楚襄王也梦见了巫山女神。神女容貌姣好，端庄娴淑，楚襄王向她表达了爱慕之情，可是最终被神女拒绝。

后来也有人把瑶姬神话和大禹治水神话结合起来，演变成另一个神话。瑶姬又名云华夫人，是王母的第二十三个女儿。她心地善良，相貌美丽，特别受王母娘娘的疼爱。有一年，巴蜀遇到了罕见的巨大洪水，大禹受命治水，大禹走到巫山向神女瑶姬求助。他说：“我治水到巫山山下，想不到这里山岩如同精怪，我的神龙拍档们都无法招架这些狂风乱石。不知女神有什么神通，可以教我？”瑶姬见他诚心诚意，于是教授大禹召唤鬼神之术，并且命令手下大神狂章、虞余、黄魔等帮助大禹劈开山石，疏通河道。

巫山女神瑶姬

文：林绪颖
绘：刘鑫闿

据华三川绘《华三川绘新百美图》（2002）中画像创作

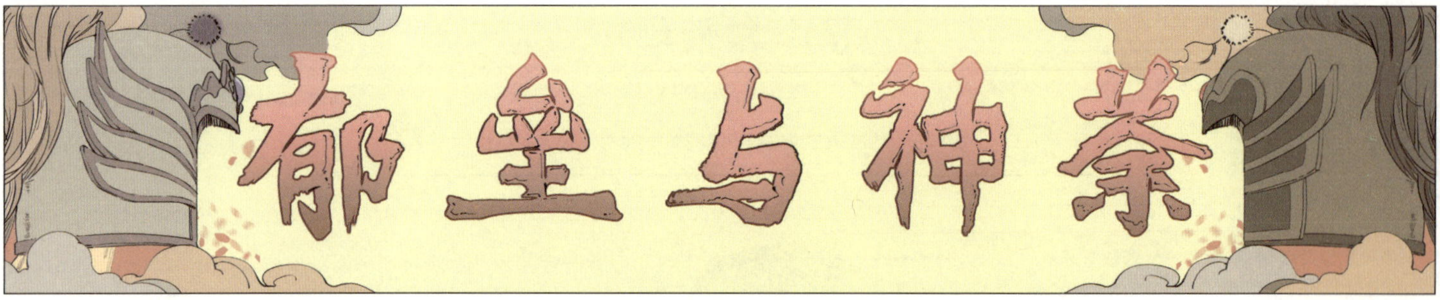

沧海之中，有度朔之山，上有大桃木，其屈蟠三千里，其枝间东北曰鬼门，万鬼所出入也。上有二神人，一曰神荼，一曰郁垒，主阅领万鬼。

——《论衡》卷二十二引《山海经》，王充 / 著（今本《山海经》中无这段文字）

专捉恶鬼的门神

据说，苍茫的大海上有一座大山，叫度朔山。度朔山巍峨高耸，直入云霄，从山脚到山顶遍布苍黑色的岩石。这座大山异常险峻，山路崎岖不平，有的地方凌空突出，就像随时要崩塌一般，又有的地方凹陷下去，仿佛直通地底。奇形怪状的岩石缝隙中，长出弯曲的树木，野蛮生长着。远看这座大山就像站在海中的一个巨人，山上的岩石和树木就像是巨人身上的毛发。如果到了晚上，暮色苍茫，海波涌动，度朔山的海面上拖出长长的阴影，便显得更加阴森了。

度朔山上有一株大桃树，根深叶茂，它的枝干弯弯曲曲盘结起来，就像一把大伞一样覆盖着地面，绵延三千里。而大桃树的枝干东北处，名叫鬼门，是万鬼出入的通道。每日都有鬼魂来到这里。门旁还有两位神人，一个叫郁垒，一个叫神荼，他们是万鬼的统领。两位神人高大魁梧，头戴金盔，身穿铁甲，时刻盯着鬼门的动静。

大桃树的顶端有一只金鸡，每天清晨，扶桑山顶的玉鸡鸣叫之时，这只金鸡便也随之鸣叫起来，唤醒天下的鸡一起打鸣，让寂静的早晨瞬间热闹起来。这时，神荼和郁垒就要开始他们的例行工作：监视每天出入鬼门的鬼。这鬼也有善鬼和恶鬼。尽管神荼和郁垒像卫士般一直恪尽职守，严格按照流程进行监督工作，但总有些调皮的鬼魂偏要唱反调，总是肆意偷溜去人间。所以，一旦发现有害人的恶鬼想要混到人间做坏事，两位门神就会用芦苇编成的绳索捆住恶鬼。被抓住的恶鬼会被门神无情地扔在度朔山上，成为老虎的盘中餐。后来，黄帝就规定用桃木雕成这两位神人的样貌，作为门神，守卫门户。或是在门上画出神荼、郁垒与老虎，再悬挂芦苇绳索，用来驱除恶鬼。

文：刘天宇
绘：刘鑫阔

门神郁垒和神荼

据戴敦邦绘《戴敦邦道教人物画集》（2001）中画像创作

若有人兮山之阿，被薜荔兮带女罗。既含睇兮又宜笑，子慕予兮善窈窕。
乘赤豹兮从文狸，辛夷车兮结桂旗。

——《九歌·山鬼》，屈原 / 著

山林里的痴情女神

山鬼多被认为是掌管山林的一类神明。这些神明神性不高，多是由山中鬼怪精灵感化而生，也有的是死后的精魂吸收木林之精气而升格。所以虽说是神，山鬼却多是单纯优雅、富有人类感情的少女形象。

百姓的生活和山林是紧密联系的。人们到山林去采集蔬果，去狩猎野兽，去拾捡柴火。所以百姓对山林有敬畏之情，也希望长久得到庇护。因此，春秋战国时期，楚国的巫祝把山鬼当作正神来祭祀。

在屈原所写的《山鬼》中，山鬼居住在山隈，作为一个爱美的女神，她经常身披薜荔、石兰，腰束女萝、杜衡，把山中的绿植花卉当作衣裳。山鬼也因此知道这深山中最美的花儿都在哪里。她驾乘着赤豹拉的辛夷车，车上插着桂枝编织的旗，身边跟着有花纹的山狸猫。

传说，山鬼爱上了一个人类男子。每当想起他，山鬼就会变得脸颊绯红，心跳加速——少女的情怀总如诗。每次去见情人的时候，她总会折枝鲜花给情人以表达相思之情。山鬼还会担心青春不能永驻，期盼爱人早些到来。她也会为情人的失约而情绪低落、忧伤。

有一次，美丽的山鬼跟情人约定了在幽深的山林里相会，尽管道路艰险难行，她还是满心喜悦地赶到了。“人呢？”她左顾右盼，又有些紧张，好像他随时就会出现。但她等了许久，情人都没有赴约。她孤身一人伫立在山巅怅然想着：“是他迷路了，还是他不再想我了？”风雨来了，山鬼还是痴心地等待着情人。夜幕降临了，情人最终还是没有来。她在雷声滚滚、虎啸猿啼的深山中备感思念。 山鬼估计是天底下最痴情的女神了吧。

到了汉代，皇帝册封五岳山神。那些叫得出名字的大山们有了正神，人们开始祭祀正统的山神，对山鬼的祭祀渐渐就冷淡了。

女神山鬼

文：林绪颖
绘：刘鑫阔

据徐悲鸿绘《山鬼》（1943）画像创作

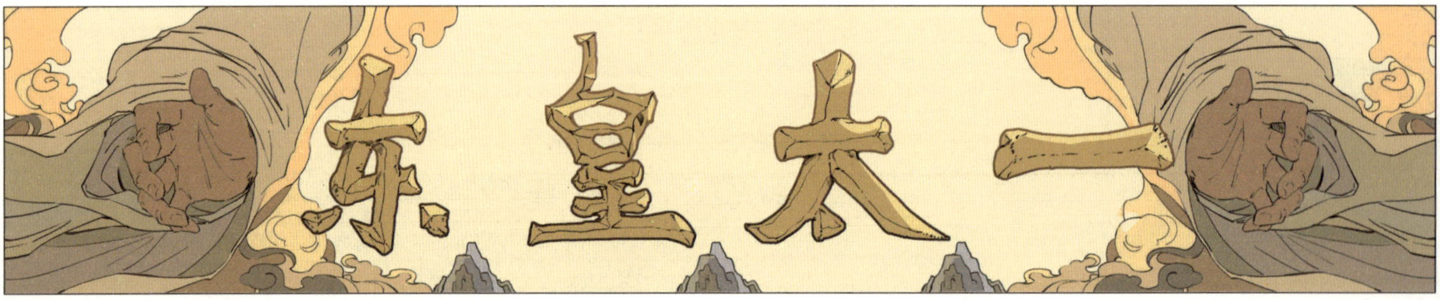

天神，贵者太一。太一佐曰五帝。

——《汉书·郊祀志》，班固 / 著

神秘的北极星化身

东皇太一，这位天之尊神其实是北极星的化身，居住在北天中央的紫微宫中，是至高至深、无形无状的本源之神。紫微宫，也叫紫微垣，是天帝的居所。后来凡间的帝王为了凸显他们皇权的合法性和至高性，达到“天人合一”的境界，就把自己的居所，也就是地上皇帝住的宫殿也叫作紫微宫。

诗人屈原的《楚辞》作品里有《九歌》篇。他把当时的神话传说、歌曲进行重新创作，编成了《九歌》，以供帝王祭祀敬神之用，共十一篇，《东皇太一》是其第一篇。

屈原所在的时代，为了表达对东皇太一的赞颂，楚国人到良辰吉时会恭敬而隆重地祭祀这位天上的皇。按照规矩，在祭祀完这位主神后，才可以祭祀其他陪祭的神明。

祭祀东皇太一的仪式非常盛大。主持祭祀的巫师抚过长剑上的玉珥，整饬身上的服饰。祭祀的宫殿地面上铺着香草衬席，衬席上布置了许多华美的宝玉，宫殿的四周还装饰了红艳芬芳的鲜花。百姓们准备了蕙兰蒸肉、有香味的椒浸泡的美酒，来供奉尊敬的天神东皇太一。身穿华美庄重仪式服装的巫师在竽瑟伴奏的高唱中，在乐师的捶鼓声中，开始翩翩起舞，表达了人们对尊神降临所表露的欣喜之情。

在读《九歌》的时候，或许你会发现，《东皇太一》这一篇对于东皇太一的形象其实并没有具体的描写，而《九歌》里的其他神的形象却或多或少有所交代。也许是因为东皇太一太高贵了，屈原不敢妄自猜测，只着力渲染了祭神的热烈场面，从而表达出对东皇太一的敬重。楚人虔诚地信仰着东皇太一，并通过这盛大的祭典感恩他赐福人间，保佑人类生命繁衍，农作物茁壮生长。

文：林绪颖
绘：刘鑫阔

东皇太一

据［战国］屈原《九歌·东皇太一》文献创作

暾将出兮东方，照吾槛兮扶桑；抚余马兮安驱，夜皎皎兮既明……
太长息兮将上，心低徊兮顾怀。

——《九歌·东君》，屈原 / 著

每天辛勤工作的太阳神

对光明之源太阳的崇拜与歌颂，是古今中外文艺作品永恒的主题。在《九歌·东君》中，祭祀的东君也是太阳神，东君是力量和生命的象征，他尊贵雍容，威严英武。

每天，太阳从东边升起来前，也就是在黎明时分，把青云当作上衣、白霓作下裳的太阳神东君在扶桑树那里登上他的龙车。天上五彩的云霞像旌旗一样舒卷飘扬，龙车轰响着驶过，东君乘着车横跨长空。在东君身下的大地上，楚国的人民击鼓奏乐，高歌欢舞，向他献上他们虔诚的膜拜。

地上的巫祝每次在祭祀日神东君的时候，都有两个主要目的。第一个就是上面说到的，兴起歌舞，感谢东君对大地的照耀和赐福。另外呢，巫祝也希望可以帮助东君对抗敌人天狼星。

天狼星也叫犬星，是夜空中最亮的恒星，人们用肉眼就可以清晰看到。在中国古代星象学说中，天狼星是“主侵掠之兆”的恶星，后来常常用来比喻入侵的敌人。古代人观察天文日食的变化，发现太阳变化的规律。认为一旦天狼星出现，就会影响天地阴阳的秩序，还会形成“天狗食日”这样一个异象。而这个“灾难”出现时东君会出马，奋力对抗。地上的巫祝想要给东君应援，并顺利度过日食时光。他们会向东君奉上救日之弓，并命人以敲锣打鼓的方式来助威。

日食开始了，天色从明亮变得有些昏暗，仿佛一场巨大的天灾即将降临。人们感到惊恐万分，都把希望寄托在那天上的神明身上。他们祈祷着，歌颂着，奋力击鼓以挥去内心的不安。在人们震天的锣鼓声中，东君终于驾到了。他举起长箭，射向象征战火和灾难的天狼星。射完天狼星，东君拿过天上的北斗斟满了桂花酒浆，最后，他才握紧缰绳驾龙车飞翔，继续前行。

文：林绪颖
绘：刘鑫阔

太阳神东君

据［元］张渥绘《九歌图卷》东君画像创作

浴兰汤兮沐芳，华采衣兮若英。灵连蜷兮既留，烂昭昭兮未央。
蹇将憺兮寿宫，与日月兮齐光。

——《九歌·云中君》，屈原 / 著

变化莫测的云神

云神云中君和太阳神东君是一对好搭档，他们在空中相互陪伴。与东君不同，云中君是一位高贵神秘的神祇，可以借着太阳的光芒生辉。

古人认为雨是云下的，祭云神是为了求雨。屈原的《云中君》就是一首祭祀云神的辞，祈求甘霖时，祭巫用兰汤沐浴，带着一身香气，穿上比鲜花还要华丽的衣服来迎接云神的降临。云中君乘着龙车离开自己的宫殿，在人间的上空随意游荡。有时缱绻逗留，有时盘旋起舞。有时候，云中君也会乘兴突然降临人间，附在巫师身上，给予巫师神的恩惠。但降临结束，云中君也会威严、果断地离开，给地上的人们留下深深的思念和怅然。

对于人类，云中君的态度是暧昧不清的，是阴晴不定的；又或许正是因为本尊不在意，所以人们只能猜测。有时候云中君会宠幸人们，给干旱的大地带来雨水，浇灌人们赖以生存的作物；有时候他也会让人发自内心地恐惧，发脾气一般地使天空电闪雷鸣；但当他平息之后，地面上大大小小的水洼和湖泊反射着柔美的月光，又让人觉得柔情和细腻。虽然云中君不像东皇太一那样，是至尊之天神，但他也是高贵的，和人类有距离感。他就像是月亮一样，会给予光芒，但不会带给人们温暖。

云中君既有云彩卷舒的阴柔美，也有磅礴大气的阳刚美。据说，云中君掌管着云梦泽，但他对于这片水泽之地栖息的生灵万物并不会多加管治，而是放任自由，顺其自然。

云神云中君

文：林绪颖
绘：刘鑫阔

据［元］张渥绘《九歌图卷》云中君画像创作

大司命

广开兮天门，纷吾乘兮玄云。令飘风兮先驱，使涷雨兮洒尘。
君回翔兮以下，踰空桑兮从女。纷总总兮九州，何寿夭兮在予！

——《九歌·大司命》，屈原 / 著

充满正气的寿夭之神

人们企盼长寿，畏惧死亡，但内心又很明白，生老病死的自然法则其实难以回避和逃脱。在楚人的原始意识中，这个自然法则是由天神大司命管控的。大司命是司掌生死寿夭之神，掌管着生活在九州的千千万万人的生死，人什么时候死，由他说了算。他威严神秘，性格冷酷，又充满正气，非常适合这份工作。

大司命的出场总是很气派：只见天宫的大门大大地敞开，高高在上的大司命乘着一团团接连的浓密黑云从中出来。一股旋风在前面为他开辟道路，一场暴雨为他洗尽空中的飞尘。此时天朗气清，世界万物都是干净的模样。少司命在空中盘旋降临，大司命将紧紧跟随其后。大司命乘着清气——天地间之元气、驾驭着阴阳之气掠过九州大地。对于他而言，不论贫穷富贵，生命都是公平的。他安闲地在空中翱翔，掠过广袤的山川湖海，灵衣长长地随风飘动着，腰间的玉佩叮叮当当作响，闪耀着光芒。

楚人清楚，寿命本是天定，大司命不过是天数的执行者罢了。人们对于大司命是带着敬畏、期盼的。他们对大司命的祭拜，也是希望可以得到安稳的生活，少灾少难，长命百岁。人世间的那些悲欢离合，并不是大司命刻意为之，相反，看到人们与爱人分离，想到老人的孤寂，心存慈悲的大司命，还会折下疏麻的白花，来安慰人们。麻秆茎断丝连，所以有思念不绝的意思。怎么不能看出他的温情来呢？

司寿夭之神大司命

文：林绪颖
绘：刘鑫阔

据［元］张渥绘《九歌图卷》大司命画像创作

秋兰兮麋芜，罗生兮堂下。绿叶兮素华，芳菲菲兮袭予。夫人自有兮美子，荪何以兮愁苦？

——《儿歌·少司命》，屈原 / 著

庇佑孩子的生育之神

屈原在《大司命》中塑造了威严的大司命形象，少司命则温柔多情，体现出阴柔之美。绝大多数观点认为少司命是一位年轻貌美的女神，主管生育和孩童。她一手直握长剑，一手横抱儿童，嘴角带着浅浅的笑意，随时准备为了保卫孩子而战。少司命给人的感觉从不是高高在上的，而是非常温和亲切。在古代，由于医疗技术水平的限制，生孩子是一件有些危险的事情。就算孩子平安出生了，能不能顺利长大也难以保证。所以人们往往向神明寻求庇佑。那些渴望获得孩子的世人，那些期盼子孙平安成长的人们，都会向少司命祈求健康安乐的祝福。

虔诚的人们会为了迎接少司命的降临，而精心布置祭堂。秋天的紫色兰草花香气浓郁，祭台上装饰着蘼芜，嫩绿的叶子夹着的白花芬芳袭人，令人迷醉。美丽端庄的少司命穿着荷花衣，系着蕙草带，从上空降临世间。那些纯真可爱的孩子在祭堂的一角无忧无虑，那些祈求得到子嗣的大人虔诚地跪坐在一旁。少司命的神情中带着怜悯，沉默不语，她是在为那些不能拥有自己孩子的世人忧心忡忡。

每个来祭拜的人都从少司命的眼中看到了她的情意，情不自禁地为她所牵，为她沉沦。可是少司命是行踪莫定、求之不得的神明。人生际遇不就是这样吗？连屈原都忍不住感叹，“悲莫悲兮生别离，乐莫乐兮新相知“，人们会对于新相识感到快乐，又为眼前的离别感到悲伤。人们虔诚地感恩着，少司命的降临就是履行天道赋予她的职责，为未出生的好儿好女送去最佳祝福。当少司命离去的时候，她坐上有孔雀翎制车盖和翠鸟羽饰旌旗的神车飞上天去。她施展神力，将会给人们带来不幸的像扫把一样的彗星扫除。

文：林绪颖
绘：刘鑫阔

孩子庇佑神少司命

据傅抱石绘《九歌图》（1954）中少司命画像创作

湘君和湘夫人

王逸谓湘君，水神；湘夫人，舜之二妃。或又以娥皇为湘君，女英为湘夫人。

——《楚辞通释》，王夫之 / 著

为爱悲恸的湘水之神

湘君和湘夫人是上古神话中圣王舜的两位妻子，关于她们的故事，则要从舜说起。

舜是个苦命的孩子，刚出生没多久母亲就去世了。父亲瞽叟另娶了一个妻子，生下了舜的异母弟弟象。舜从小没了娘，父亲不喜欢他，后母和弟弟也欺负他。可是他并不埋怨家人，还对父亲和后母很孝顺。随着舜的长大，后母怕他争夺家产，便起了杀心。舜只好一个人跑出去生活，只要是舜去的地方，人们都被他的诚朴、善良感动，愿意和他交朋友。

此时年老的天子尧正在到处寻访自己的接班人，很多人都向他推荐舜。经过一番考察，尧觉得这个年轻人有望接自己的班，就把两个女儿娥皇和女英嫁给了他。舜和两位妻子带着财物回家探望父母，引起了弟弟象的觊觎。象为了占有舜的财物，以及两位漂亮的嫂子，设下了一条毒计。象和舜说，父亲要他明天帮忙修谷仓，孝顺的舜二话没说就答应了。

第二天，两位妻子拿出一件带有鸟纹的五彩衣，叫舜穿上。舜爬到了谷仓顶干活，象则偷偷地抽掉梯子，放了一把火。火势很快蔓延开，舜被困在屋顶，豆大的汗珠直往下淌。在危难中，他无意张开了手臂，只见身上的五彩衣发出耀眼的红光，舜竟然变成一只大鸟飞走了。象一计不成又生一计，又骗舜去修井，等舜到了井底时，他试图用石块将井填死。这次舜穿了妻子们做的龙纹衣服，化作游龙，他顺着地下水脉，从另一口井出来了。象的两次阴谋都没成功，又打算下毒害死舜。这一次舜事先吃了妻子们给的解药，又逃过一劫。经过三次危机，舜对他的家人仍像以前一样。尧认可了舜的品质与能力，最终把首领之位传给了舜。

成为首领之后，舜经常到各地巡视，了解民间疾苦。舜晚年去南方巡视，不幸死在苍梧。娥皇和女英闻讯，悲痛不已。她们驾着车子去找舜，一边走，一边哭。眼泪淋在湘水边的竹子上，竹子便生出了点点泪斑。最后，她们乘船死在了湘水中，化身为湘水的神灵。娥皇被称为湘君，女英被称为湘夫人，被她们泪水洒过的竹子，就叫湘妃竹，流传至今。

文：刘天宇
绘：侯翀

湘水之神湘君和湘夫人

据傅抱石绘《二湘图》（1943）创作

太白者，西方金之精，白帝之子，上公、大将军之象也。

——《史记正义》，张守节 / 著

热爱和平的天庭使者

有些古人出于对自然的好奇，有事没事就会观察星空，发现天上的星星有些是恒定不动的，即恒星；而有一些却是呈现规律性变化的，即行星。古人特别热衷于将五行和生活各方面联系在一起，便用金、木、水、火、土来命名最亮的五颗行星，还把它们视为五位神仙，并各自执掌天上的大权。其中，金对应着西方和白色，所以金星对应的神仙就叫太白金星。

我们今天提起太白金星，可能第一时间会想到《西游记》里那个手拿拂尘、苍颜鹤发、慈眉善目的老翁。在五行观念中，金星对应着战争与杀伐，可太白金星却是位热爱和平的老人。他常奉玉帝之命，前往各方传旨，为天庭的钦派使者。《西游记》里，天宫的神仙中，也数太白金星对孙悟空的态度最好。在天庭打算用武力征服花果山时，是太白金星力主讲和，并亲自前去和孙悟空谈判。尽管花果山的小猴子们一路上偷他的帽子、抢他的拐杖、扒他的靴子，可他一点都不在乎，表现出了一个老者的涵养。在西天取经的路上，一旦唐僧有难需要天庭帮忙，也多次是太白金星帮着孙悟空去找救兵。虽然孙悟空一口一个“老官儿”地叫他，拿他开玩笑，可他从来没有放在心上。

然而，有趣的是，历史上的太白金星，曾是一位风姿绰约的女性。有一部唐代传下来的古书叫《七曜禳灾法》，里面记载的太白金星便是女神。她身穿黄衣，怀抱琵琶，身材曼妙，楚楚动人。为什么是女神呢？相关的学者推测，罗马神话中金星是爱与美的女神维纳斯，而女性太白金星的形象可能是从欧洲经印度传至中国的。

文：刘天宇
绘：刘鑫阔

天庭使者太白金星

据［唐］张守节著《史记正义》文献创作

太岁

太岁，人君之象，率领诸神，统正方位，斡运时序，总成岁功。

——《神枢经》

天庭的『值年生』

有一句俗话，叫“太岁头上动土”，比喻触犯强有力或凶恶横暴的人。太岁头上为什么不能动土呢？迷信认为，太岁是天上的凶神恶煞，在太岁的方位破土动工可要倒大霉的！

或许这要从古代的星辰崇拜说起。古人发现木星12年运行一周天，于是把木星轨道等分为“十二次”，木星运行过“一次”就是1年，所以古人又把木星叫岁星。然而，负责纪年的大神并不仅有岁星，还有太岁，他们走得一样快，方向又相反，所以永远不会见面，就像一对仇人一样。

古人用干支纪年，六十年为一轮，一轮一循环。他们认为天上有六十位太岁神，六十年轮流到人间当值，每年由一位太岁神来执掌大局，就像学校的值日生一样，只不过他们是天上的“值年生”。

《封神演义》里的殷郊太子，就是一位太岁神。殷郊太子本身是商纣王和姜皇后的儿子，是长子。纣王宠爱妲己这个狐狸精，妲己又十分觊觎皇后的位置，便用毒计害死了姜皇后。妲己害怕殷郊太子给自己的母亲报仇，又来加害太子，幸好有一位叫广成子的神仙路过，才救下了太子。

广成子带殷郊太子回山，悉心传授他武艺与法术，用三枚仙枣把他改造成了三头六臂，并把自己最厉害的两件法宝——刀枪不入的紫绶仙衣和无坚不摧的翻天印传给了他。广成子叮嘱他下山去帮助周武王伐纣，和姜子牙一起替天行道，可是，殷郊太子下山时遇到了小人申公豹。太子被申公豹蛊惑，反而助纣为虐，杀死了好几员周朝大将。姜子牙无奈，只好请来广成子，合众仙之力，擒下殷郊太子。

这时太子虽然悔悟，可是大错已经铸成，无法更改，广成子只能大义灭亲，挥泪斩了爱徒。后来姜子牙封神，就封殷郊太子做了太岁。

文：刘天宇
绘：刘鑫阔

太岁星君

据［清］《协纪辨方》文献创作

皆专指一宿。旧俗称福、禄、寿三神为“三星”。

——《出三藏记集》，释僧祐 / 著

最受欢迎的喜庆组合

福禄寿是福星、禄星和寿星的合称。汉族民间百姓希望幸福美满，便拜福星；憧憬家中有人学有所成，出仕做官，便拜禄星；盼望身体健康，长寿延年，便拜寿星。这三者之间是紧密相关的，所以人们常常把他们三位放在一起。

传说，福神是汉代道州的地方官杨成。汉代道州这个地方有很多侏儒，而汉武帝有个奇怪癖好，喜欢像玩弄宠物一样捉弄侏儒。他下旨让道州进献“矮奴”，然而父母官杨成认为这种行为有失尊重，就直言进表，他引经据典，指出道州只有“矮民”，并无“矮奴”。汉武帝读完表章，深以为是，感到十分内疚，便不再以侏儒为戏。道州人感激杨成对自己的保护，便给杨成立祠绘像，作为本州福神。其实，汉代并没有道州，杨成应该是阳城，他是唐德宗时的道州刺史，但是他上书皇帝、保护州民的故事却是真的。后来这种崇拜传播开来，全天下便都视杨成为福星了。

禄星应是一个“文艺咖”。他由天上的“文昌星”和地上的“梓潼神”结合而成。相传天上的北斗魁星附近有六颗星，禄星因为是其中一颗，也被称为“文昌”，主宰功名、禄位。梓潼神本来是四川地方的守护神，叫张亚子，是晋朝的一位将军，最后战死沙场，百姓为纪念他，就为他立了庙。唐宋时期科举制度大兴，人们就把张亚子当作“考神”来拜了。

寿星又名南极仙翁，执掌人间寿夭性命。《史记》中便有关于“南极老人星”的记载，称其是人主寿命延长的征兆，它出现预示天下安宁，国祚久长。后来南极星在民间演变成主人间康福长寿的神，其形象常为一白发老翁，高额长面，拄一弯曲拐杖，骑仙鹤或梅花鹿。

寓意吉祥的福禄寿

文：刘天宇
绘：刘鑫阔

据金门后浦武庙雕像《福禄寿》创作

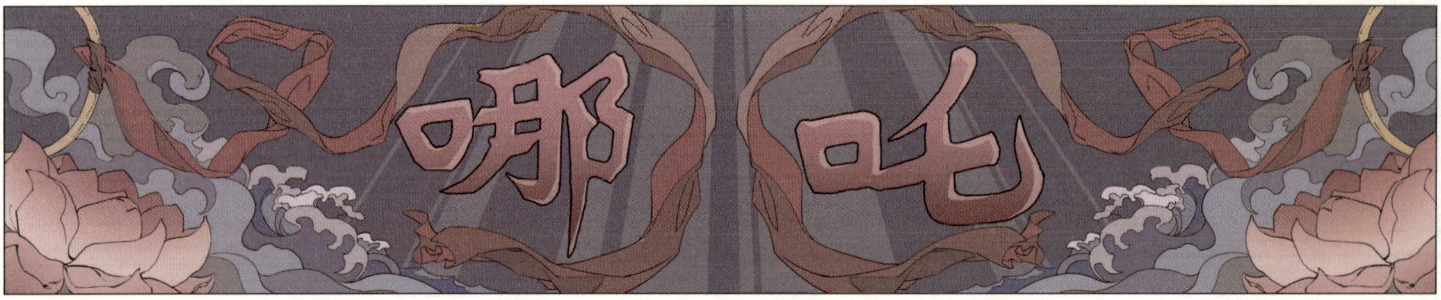

道宣夜行跌倒，有少年扶起，问是何人，少年曰："某非常人，即毗沙门天王之子哪吒也。护法之故，拥护和尚，时之久矣。"

——《宋高僧传·道宣传》，释赞宁 / 著

拥有『百宝』的调皮小孩

说起哪吒，你大概听过"哪吒闹海"的故事，哪吒活泼可爱又神通广大的少年形象早已深入人心，但是这个少年形象却不是一开始就有的，而是由佛教神话、道教传说和民间加工三者共同完成的。

传说唐朝时佛家律宗的大师道宣，有一次深夜出行，那时没有路灯，深夜的山中就像今天的暗室一样，伸手不见五指。在这样的条件下走山路当然充满危险，道宣便一不小心踏空了，可就在他跌倒滚落山下的瞬间，仿佛有人在扶他一样，让他又稳稳地站起来。道宣大师感到好奇，便问："是哪位神佛在空中救我？"这时传来了一个少年的声音，告诉他："我不是常人，而是毗沙门天王的小儿子，名叫哪吒，是佛法的护法神，见你有难，所以才出手保护。"说罢，还送给道宣一对佛牙舍利。这就是佛教关于哪吒的故事，后来《封神演义》《西游记》吸收了佛教中哪吒的形象，他是托塔李天王的三太子。

相传哪吒本来是商代陈塘关总兵李靖的三儿子，他的出生就充满了各种灵异现象。据说李靖的夫人怀胎三年零六个月，也没有生下孩子。十月怀胎就够辛苦的了，何况是三年呢。最后，李夫人终于分娩了，却生下了一个滴溜溜乱转的肉球。

李靖大惊，以为夫人生下了妖怪，一剑砍开肉球，里面跑出了一个小娃娃。小娃娃双眼发出金光，右手上套着一个金镯，肚子上围着一块红菱。据说，这个小娃娃是神圣下世，姜子牙的先行官，是灵珠子的化身。手上的金镯叫"乾坤圈"，红绫叫"混天绫"。李靖看这孩子小脸红扑扑的特别可爱，分明是个好孩子啊，不忍心把他看作妖怪。

第二天，来了一位道人，他自称是乾元山金光洞的太乙真人，说要收李靖的三儿子当徒弟。得知李靖的大儿子叫金吒，二儿子叫木吒后，太乙真人说："这个孩子排行老三，取名叫哪吒吧。"这样，哪吒就成了太乙真人的徒弟。

哪吒长到七岁，和师父学了一身本领。但是他却有着很多性格缺陷。少年时期的哪吒犯下了许多错误。这些错误里最重要的就是三件事。第一件事是发生在夏天，由于天热，哪吒跑去海边洗澡，用法宝搅得海底不得安生。巡海夜叉出来询问："你是哪里来的毛孩子，来此破坏大海的宁静？""哈哈，你又是什么畜生？竟敢和本公子讲话！"哪吒的无礼激怒了夜叉，他惹恼夜叉出手，又打死夜叉。龙宫的三太子敖丙闻讯前来，他又打死了三太子，抽了龙筋。在这个故事里，哪吒像一个欺负人的恶少一样。

哪吒做的第二件错事是在东海龙王来李家讨公道时，他不但不能认识到自己的错误，反倒觉得龙王得理不饶人。当怒气冲冲的龙王朝李靖要自己的儿子时，哪吒不当回事地甩出龙筋，说："儿子已经还你了。"并且，当悲痛的龙王打算去天庭告状时，哪吒竟然认为龙王是得理不饶人！他提前埋伏在南天门，痛打龙王，逼迫龙王不得上天庭。

哪吒的第三件错事是回到家中后，他用父亲的弓箭玩耍，射死了石矶娘娘的弟子。他不但不认错，还搬来师父太乙真人，把石矶娘娘都杀死了。

不过，哪吒也是有成长的。当四海龙王再次前来闹事时，他意识到了什么叫责任。他自杀于龙王面前，承担起了自己的过失。哪吒死后，师父太乙真人用莲花塑成哪吒的身体，来承载他的魂魄。从此，哪吒就是莲花的化身了，真人赐他脚踏风火轮，授他灵符秘诀。不仅如此，他还成了拥有三头六臂的仙人。

复活后的哪吒和父亲扶保周武王，助姜子牙伐纣。在伐纣战争中，哪吒成长为独当一面的先行官，立下了汗马功劳。

哪吒大战龙王太子

据刘继卣绘连环画《大闹天宫》
（1956）创作

文：刘天宇
绘：刘鑫阔

二郎喜驰猎之事，奉父命而斩蛟，其友七人实助之，世传梅山七圣。

《灌志文征·李冰父子治水记》，罗骏声 / 著

治水擒龙的英雄

相传，二郎神是战国时期水利专家李冰的二儿子，人称李二郎。李冰是秦国的蜀郡守，当时蜀地水患频仍，虽然李冰父子精通治水，但却总是这边刚治理好，那边又有了新问题。这水患就像一个顽皮的孩子一样，四处与李冰父子作对。

面对这种情况，李冰决定找到导致水患的根源。他命二郎在蜀地寻找水患源头。有一天二郎路过一片森林，突然窜出一只猛虎。二郎打死猛虎，这时来了七位猎人，围住了二郎。“你是什么人，怎么会出现在这里？”七位猎人恶狠狠地说。二郎告诉他们：“我是李二郎，奉父命来寻找水患的源头。”七人听了，自称住在梅山，来此是为了打虎为民除害，并决定从此跟随二郎平定水患。

八人继续寻访水患源头，一天他们路过灌县城边，听到一座小茅屋内有凄惨的哭声。屋内的老婆婆告诉二郎：“灌县江神庙住着一条孽龙，它就像疾病的传染源一样，蜀地的水患都是它造成的。孽龙每年都要吃掉一个男孩，今年轮到吃我的孙子了。”二郎让老婆婆且放宽心，他一定会除掉孽龙，还蜀地以太平。二郎领着七友，向父亲汇报情况。李冰沉吟半晌后，便设下一个擒龙的计划。等到了祭祀那一天，二郎拿着三尖两刃刀，与七友埋伏在江神庙中。不一会儿，风雨大作，孽龙来到庙中吞食童男。二郎与七友一起跳出，迎战孽龙。这时李冰也领着百姓们前来助阵，一时间锣鼓喧天，人声如潮。二郎、七友与孽龙从岸上斗到水中，又从水中战回岸上，只杀得天昏地暗，日月无光，战斗了三天三夜，终于擒住了孽龙。

这时大家都已经筋疲力尽了，他们用绳索捆住孽龙，放在河边。孽龙却趁众人不注意，挣脱绳索，从水中遁走了。二郎将三尖两刃刀放在河中，用耳朵紧贴刀柄，听出了孽龙的去向。他又领着七友前往新津县童子堰，重新捉住孽龙。可是，用什么来镇压孽龙呢？这时，那个哭泣的老婆婆出现了，她献上一条铁链，说可以永久困住孽龙。于是，二郎等人将孽龙锁在伏龙观石柱下的深潭中，从此蜀地再无水患。后来，人们将二郎称为二郎神，他的七位朋友称为梅山七圣。

文：刘天宇
绘：刘鑫阔

治水英雄二郎神

据明代《二郎神搜山图》创作

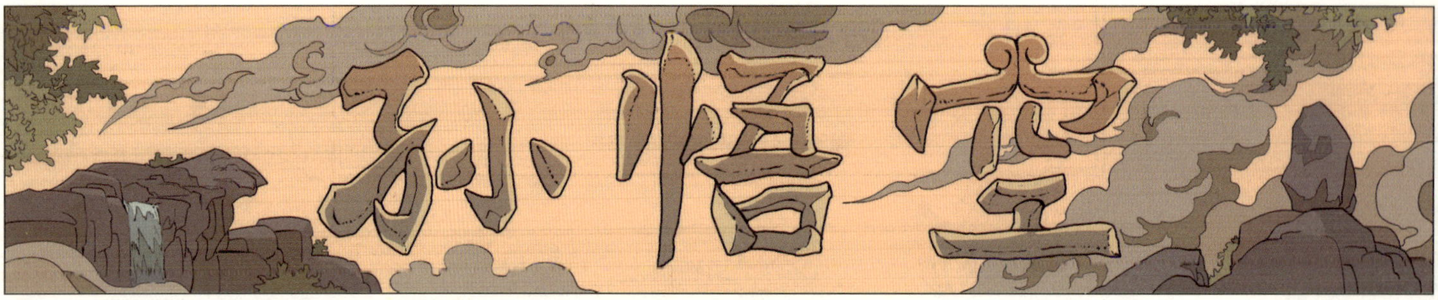

奈此猴乃天地育成之体，日月孕就之身，他也顶天履地，服露餐霞；
今既修成仙道，有降龙伏虎之能……

——《西游记》，吴承恩 / 著

从美猴王到孙行者

孙悟空本是神通广大的天产石猴，先大闹天宫，勇猛无敌，体现出他蔑视天神世界的叛逆性格。后保唐僧西天取经，历经九九八十一难，沿路战胜了许多妖魔，充满了斩妖除魔的顽强斗志。孙悟空集人性、神性与猴性于一身，他虽然有猴子本性的急躁，但也机智灵活、心思细密，并且处处表现出诙谐风趣的乐观精神。

相传，东胜神洲傲来国有一只天生石猴，被众猴推举为花果山水帘洞的美猴王，为求长生不老之术而渡海从菩提祖师求法。在祖师门下学艺时，师父给他起名叫孙悟空。祖师问他：“你可想学‘术’字门的道法？”“‘术’门道法能得长生吗？”猴王问道。“不能。”“那我不学了！”随后祖师又问他要不要学“流”“静”“动”三门的法术，猴王都是一脸嫌弃，直气得祖师走下高台，用戒尺打了他三下离开了。“你看看你，气走了师父，咱们谁都学不了本领了！”旁边的师兄弟都埋怨他不懂事，可猴王的内心却按捺不住一阵阵的狂喜: 原来，他悟出了祖师要在三更传艺啦！这样，他从师父那里学来了七十二变与筋斗云。

天庭的玉皇大帝发现下界出现一只不在仙班又神通广大的猴子，便生出了剿灭之心，后又改主意，派太白金星诱骗孙悟空上天，封他当一个管马的小官——弼马温。悟空知道受骗后，一怒之下回到花果山，自称“齐天大圣”，并打败了玉帝派来的托塔李天王父子。玉帝无奈接受太白金星的建议，封孙悟空当一个只有头衔的齐天大圣，掌管蟠桃园。可是不久之后，悟空发现自己根本没有受到重视，王母娘娘设蟠桃宴都没有请他，不由得火冒三丈。他大闹瑶池，又去兜率宫偷吃了太上老君的九转金丹，收罗了酒，返回花果山。玉帝第二次发动天兵擒拿美猴王，交战中孙悟空

中了太上老君的暗算，不幸被擒。太上老君打算用丹炉炼化猴王，结果反使孙悟空获得了火眼金睛，让他的神力更上层楼，把天庭众神杀得再无还手之力。最后玉帝请来如来佛祖，才降伏了孙悟空，把他压在五行山下。

五百年后，西天取经的唐僧途经此处，揭开如来佛留在山上的符纸，放出孙悟空，还他自由。从此孙悟空拜唐僧为师，唐僧又给他起名叫孙行者，沿路上他们又收了猪八戒与沙和尚，师徒四人开始了降妖除魔的奇幻旅途。

要问旅途中最为家喻户晓的故事，就属“三打白骨精”啦。这一日，师徒四人走到一座大山中，悟空去采桃子给大家充饥。山中一个自称“白骨夫人”的妖精便想着趁机吃传说中可以让人长生不老的唐僧肉。她先变成一个美貌的女子，假装去给丈夫送饭，引诱饥肠辘辘的唐僧。虽然猪八戒被她迷得神魂颠倒，但唐僧却不为所动。这时，孙悟空回来，认出妖怪，抽出金箍棒当头就打。唬得唐僧赶忙拦住，还责备悟空人妖不分。孙悟空一再解释，唐僧就是不听，气得悟空当头打了妖精一棒。但狡猾的妖精用了法术，丢下假尸首，自己化作青烟逃走了。唐僧以为孙悟空杀了女子，气得念起紧箍儿咒，悟空疼得满地打滚，苦苦哀求，唐僧这才饶了他。

随后，白骨精又变做一个老婆婆，哭着来寻女儿。唐僧肉眼凡胎，不知是计，可这瞒不住孙悟空的火眼金睛。忠心耿耿的孙悟空照例又是一棒，妖精依旧用老办法丢下假尸体逃走了。唐僧气得再次念起“紧箍儿咒”，还要赶走孙悟空，悟空借口说：“师父，要我走可以，烦请您摘下我的头上的金箍儿吧。”这金箍本是观音菩萨赠与唐僧用来管教悟空的，一念“紧箍儿咒”便会让孙悟空头痛不止。可是菩萨只教了唐僧“紧箍儿咒”，唐僧哪有办法松开它呢？他只得留下了悟空。

最后，白骨精变成了一个老头儿，假装是老婆婆的丈夫。孙悟空没办法，念咒找来山神和土地帮忙，这才下手打死了白骨精。可唐僧依旧不分好歹，驱逐了孙悟空，直到后来再次遭难，才由猪八戒请回了大师兄，师徒重归于好，继续开始了新的旅程。

在经历了九九八十一难之后，师徒四人终于成功到达灵山，孙悟空被如来佛封为了斗战胜佛，他头上的金箍也自然消失了。

齐天大圣孙悟空

据刘继卣绘连环画《大闹天宫》
(1956) 创作

文：刘天宇
绘：刘鑫阔

西海龙王敖闰说：“二哥不可与他动手，且只凑副披挂与他，打发他出了门，启表奏上上天，天自诛也。”北海龙王敖顺道：“说的是。我这里有一双藕丝步云履哩。”

——《西游记》，吴承恩 / 著

兴云布雨的水族之神

龙是中国神话传说中最有代表性的神兽，它是水族之长。

民间认为，凡有水处便有龙王，上至大海，下到井泉，都由龙王主掌。最有名是四海龙王，分别是东海龙王敖广、西海龙王敖闰、南海龙王敖钦、北海龙王敖顺。四海龙王是孙悟空的好朋友。孙悟空刚“出道”时，就是四海龙王送了他从头到脚的“装备”。与阔气的海龙王相比，还有一位穷巴巴的井龙王，他用法宝“定颜珠”救下了被推到井里的乌鸡国国王，配合唐僧师徒上演了一出中国版的“王子复仇记”。

与上面这几位龙王不同，还有一位丢了性命的泾河龙王。当时长安城有位算命的袁先生，渔夫经他指点，去哪里打鱼准能满载而归。龙王怕袁先生指点渔人抓光水族，变成百姓与袁先生打赌下雨的时间与雨量，他问：“如果实际情况和先生算的不一样，怎么办呢？”袁先生说：“要是不一样，我就离开长安城，终身不算卦。”龙王想：下雨是我的事，我都没得到圣旨什么时候下雨，你输定啦！可是，当龙王回到河底龙宫时，玉帝的圣旨来了，和袁先生说的分毫不差。这可怎么办呢？为了赌这口气，他私自改了时间和雨量，来找袁先生理论。

袁先生说：“先不要着急和我算账，你已经犯了天条，玉帝下旨让当朝丞相魏征来斩你了！”吓得龙王赶紧求袁先生指一条生路，袁先生告诉他：“魏征是唐王李世民的大臣，你去求唐王，或许他能救你。”龙王于是夜里托梦给李世民，苦苦哀求，唐王见他可怜，便应允了。第二天午时三刻，唐王故意召魏征进宫下棋，不让他分身去斩龙。魏征下着下着，突然睡着了。原来，他已经元神出窍，去追捕龙王了。梦中他追上了龙王，挥剑砍掉了龙头，这就是著名的“魏征斩龙王”的故事。

水族之长龙王

文：刘天宇
绘：刘鑫阔

据李云中绘《西游记人物百图》（2013）中龙王画像创作

然后使电母雷公，凿外域朝天之路。

——《桂苑笔耕集》，崔致远 / 著

惩恶扬善的闪电娘娘

电母又叫金光圣母、闪电娘娘，传说是雷公的配偶。雷公和电母本来是掌管闪电这种自然现象的神，他们经常成对出现，这也可以理解，毕竟电闪和雷鸣总是一起出现。

与雷公的丑陋形象不同，电母是位美丽的女子。她身穿红色上衣，雪白的裤子，容貌端庄，她双手各执一面镜子，发出闪亮的光芒。由于电闪雷鸣本来便极具威严，让人敬畏，同时打雷闪电之后，上天又会给大地带来甘霖，滋润庄稼，所以人们又赋予了电母惩恶扬善的正义品格。

关于电母，有一个民间传说。据说她的前身是个寡妇，家境贫寒，在丈夫死后独自服侍婆婆。有一次，婆婆生了病，特别想要吃肉。可贫穷的寡妇去哪里找钱给婆婆买肉呢？正在犯难，她忽然想起丈夫生前给她讲过上古有臣子“割肉奉君”的故事，便毅然从自己大腿上割了一块肉下来，煮熟给婆婆吃。可是，患病的婆婆哪里吃得下这块肉呢？婆婆不明就里，以为是媳妇不孝顺，偷吃了好肉，反把不好的留给自己，就祈祷雷公打死媳妇。雷公是个暴脾气、大老粗，他疾恶如仇，却没有耐心去了解事情真相，不分青红皂白，竟然用雷把寡妇劈死了！

等到寡妇入殓的时候，婆婆才发现原来是媳妇割下了腿肉来侍奉自己。她追悔莫及，在雷公的神像前痛哭，恳求雷公超度媳妇的亡魂。雷公得知真相，也十分懊恼自己的大意。为了弥补自己犯下的大错，雷公上奏天帝，请求娶这个寡妇为妻，作为电母。以后，在雷公打雷惩恶之前，电母先用自己的宝镜发电，照亮世间的善恶，以免雷公误伤好人。所以，后来人们都是先看到闪电，后听到雷声。

闪电女神电母

文：刘天宇
绘：刘鑫阔

据李云中绘《西游记人物百图》（2013）中电母画像创作

这一个是汉钟离，现掌着群仙……这一个是铁拐李，发乱梳……这一个是蓝采和，板撒云阳木……这一个是张果老，赵州桥骑倒驴……

——《吕洞宾三醉岳阳楼》，马致远 / 著

各显神通的另类神仙

说起神仙，人们心中想到的形象要么是潇洒飘逸的，要么是高贵典雅的。可是，在中国民间有一组充满烟火气的散仙，他们八个把男、女、老、少、贫、贱、富、贵都占齐了，真可谓神仙中的另类。他们就是家喻户晓的八仙——汉钟离、吕洞宾、铁拐李、张果老、韩湘子、蓝采和、何仙姑、曹国舅。

这八位散仙各有各的有趣故事。

汉钟离名叫钟离权，相传他受铁拐李的点化，上山学道，成为真仙。他曾自称“天下都散汉钟离权”，就是“全天下最懒散的汉子钟离权”的意思。更有趣的是，因为后人断句有误，把“都散汉”的“汉”和他的姓连读，就叫他“汉钟离”了。汉钟离头挽双抓髻，龙睛虬髯，坦腹自若，充满喜感，还真不愧是“最懒散的汉子”。

吕洞宾是“八仙”中传闻最广、影响力最大的一位。相传他是唐朝人，擅剑术，习道法，还工诗能文，《全唐诗》中收录了他 200 多首作品，所以人们把他看作“剑仙”、“酒仙”和“诗仙”。吕洞宾进京赶考时，在酒家偶遇钟离权，钟离权作法让他进入梦乡，历尽了富贵与生死，醒来后，店里的小米还没煮熟呢，这就是“黄粱一梦”的故事。从此吕洞宾决定舍弃尘世，求钟离权度化。钟离权以生死财色等诱惑十试吕洞宾，他都通过了考验，于是钟离权把法术传授给他。

铁拐李相传名叫李凝阳，他本来是一位得道隐士，形貌魁伟。有一次他要赴太上老君仙会，元神出窍，留下肉身于洞中，嘱咐弟子看护。弟子守到第六天，听闻家中老母病危，无奈之下焚毁了师父尸身，回家探母。李凝阳元神回归后，无形可依，见路边恰有一乞丐尸身，只能“借尸还魂”。

从此以后，那个美男子、伟丈夫不见了，他黑脸跛足，形貌丑陋。太上老君见他这么惨，便授他金箍一道束住乱发，铁拐一根撑拄跛足。他常背着一个大葫芦，周游天下，治病救人，民间便称他为“铁拐李先生”，简称“铁拐李”。

据说，张果老原是唐代的一个道士，名张果，隐居在恒州中条山，擅长法术。他是一位须发皆白的老人，所以人们尊称他为张果老。唐玄宗把他请到宫中，见他白发如霜，长须似雪，不像传说中仙人那样青春焕发，便起了疑心，便问他：“道长，不知您老高寿几何呢？”张果老笑道：“启禀陛下，臣是上古圣君尧时候的人呢。”玄宗偷偷掰着手指一算，天哪，他都几千岁了！于是玄宗封他为银青光禄大夫，赐“通玄先生”称号，还想把玉真公主嫁给这个老头儿。张果老怎么能答应这么荒唐的事啊，他假装说要回趟山里，结果在半路就死了。可不久后，人们又在别处见到张果老，原来一切都是他的障眼法。民间传说张果老还经常背着渔鼓简板，倒骑白驴，云游江湖。他所乘白驴，可以日行万里，不骑时收为纸驴，折叠置于箱中，用时喷水即成真驴。

韩湘子传说是唐代大文学家韩愈的侄孙，被钟离权、吕洞宾点化成仙，他是一位手执长笛的俊美少年。蓝采和是一个乞丐，常穿着破烂蓝衫，一足着靴，一足赤行，手持拍板，招摇过市，口中唱着听起来荒唐却大有深意的歌曲。何仙姑是“八仙”中唯一的女仙，手执荷花，正当妙龄。曹国舅是“八仙”中时代最晚的一位，传说是宋仁宗曹皇后之弟，故称曹国舅。他天性纯善，不喜富贵，向往修仙，得遇钟离权和吕洞宾点化，列入仙班。曹国舅的形象与八仙中其他七位不同，他头戴纱帽，身穿大红官服，手持阴阳板，颇有贵态。

八仙作为一个群体，最有名的故事便是“八仙过海”。相传八仙要去赴王母娘娘的蟠桃会，路过东海，吕洞宾提议大家不搭船，各凭法宝过海。于是铁拐李用葫芦、汉钟离用芭蕉扇，其他神仙也各自掷法器下水，大家各显神通渡过东海，也留下了“八仙过海，各显神通”的成语。

八仙过海，各显神通

据温国良绘《八仙过海》工笔画创作

文：刘天宇
绘：刘鑫阔

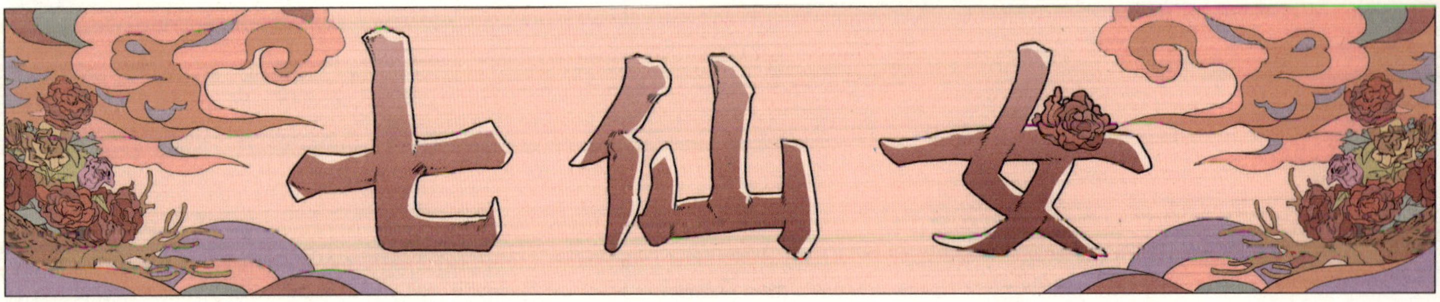

于是永妻为主人家织，十日而毕。女出门，谓永曰：“我，天之织女也。缘君至孝，天帝令我助君偿债耳。”语毕，凌空而去，不知所在。”

——《搜神记》，干宝 / 著

善良的天庭仙女

古代有个穷小子叫董永，他的母亲生下他不久，就去世了。董永从小和父亲相依为命，董父含辛茹苦才将董永抚养成人。有一年，董父一病不起，不久后就去世了。一贫如洗的董永，没有办法安葬父亲，最后只能卖身葬父。

董永把自己卖给地主傅员外做长工，用劳动换得银两，为父亲安葬。董永在傅员外家里辛勤劳动已有一段时日，有一天，他在路上遇到一位女子，她哭哭啼啼地和董永说：“我的父母都去世了，想来投靠亲戚，却发现他们也不在这里了。”两人在途中谈天说地，彼此都觉得情投意合。女子并不嫌弃董永的身世，反而觉得他为了安葬父亲，甘愿卖出自己的自由，是至孝之人。后来，两人请老槐树做媒，在槐荫下结成了夫妇。

董永成婚后，妻子想替他赎身。但向来喜欢压榨仆人的傅员外哪肯轻易放过董永，便故意刁难，说：“限你今天晚上织成云锦十匹，如果织成，我便将董永的三年长工期限改为百日！”董永一听，傅员外这不成心捉弄自己吗，拉着妻子就要走。可是妻子却笑了笑说：“一言为定，明天我们会拿着云锦来。”

原来，董永的妻子并不是普通女子，而是天上的七仙女！她是玉帝的小女儿，被董永的孝心感动，下凡来与董永结为夫妻。当晚，七仙女趁董永睡觉后，点了一炷香，口中念念有词，不一会儿，天上飘下来六位仙女，正是她的六位姐姐。七位仙女都是天庭的织造能手，她们各逞仙术，果然在一夜之间，便织成了云锦十匹。

第二天，董永拿着云锦十匹去找傅员外，傅员外目瞪口呆。而且这云锦做工精致，十分华美。一百天期满后，董永成了自由身。董永和七仙女幻想着过上男耕女织的幸福生活。可是，七仙女私自下凡触动了天条，她忍痛告诉董永，她要回天上了。说完就含着热泪，回到了天宫。

后来，这个传说经过不断改编，就成了今天催人热泪的《天仙配》故事。

七仙女

文：刘天宇
绘：刘鑫阔

据华三川绘《新百美图》（2002）中七仙女画像创作

惟南海女神灵惠夫人……护海运有奇应，加封天妃神号……

——《元史·祭祀五》，宋濂、王祎等 / 著

救苦救难的女海神

妈祖是中国神话传说中唯一的女海神，与世界上其他民族的海神有着截然不同的性格，她救苦救难，一心为善，是大海中的善神，她的身世也颇为奇幻。

相传，妈祖生在宋朝福建莆田林家。妈祖的父亲名愿，字惟悫，娶妻王氏。夫妇二人多年行善积德，育有一子叫洪毅，同时还生有五个女儿。因只有一个儿子，夫妻俩生怕家族不兴，经常焚香祷告上苍，再赐佳儿。一天晚上，王氏梦见南海观世音菩萨，并赐予她一丸药，说："如果你服下这颗药丸，一定有好处。"神奇的是，王氏不久便怀了身孕，到了夏历三月二十三日傍晚，王氏将近分娩，有一道神奇的红光射入室中，光辉夺目，香气飘荡，久久不散。又听见四周隆隆作响，好似春雷鸣响，同时大地变为紫色。一会儿之后，王氏生下一个女孩，因为她从出生到满月，一声不哭，所以父母给她取名林默，又叫默娘。

默娘从小就身具神异，能够感知海面状况，还能与水族沟通。有一年，默娘的父兄各自驾舟一同渡海北上。忽然天降狂风，恶浪滔天，林氏父子的帆船出没于惊涛骇浪之中，情况异常危急。此刻默娘正在家中织布，忽然间脸色突变，呼吸急促，整个人伏在织布机上紧闭双眼，一手抓梭，一手扶杆，两脚紧踏机轴，拼尽全力，好像在和什么力量对抗一样。母亲见到默娘如此反常，以为女儿中了邪，赶忙上前唤醒她。默娘被母亲摇醒，失手将织梭掉在地上，哭道："父亲得救，兄长恐怕要堕海身亡了。"王氏大惊，将信将疑。几天之后，果然有信传来，默娘的兄长在海中遇难。当时在怒涛之中父子手足无措，只能等死，可几次船要倾覆之时，似乎冥冥之中有人稳住林父的船舵，林父最终得以幸免于难。无奈的是，洪毅的船最终还是挣扎不过大海，舵折舟毁，人也落入大海身亡了。原来，当时默娘闭着眼，正是在暗中护持父兄，可是母亲唤醒了她，就破坏了她的法术，以致兄长遇难身亡。

默娘二十一岁时，福建大旱，山川焦涸，庄稼枯死，无水可用。这时默娘前去告诉县令，说壬子日申时定会天降大雨。等到了壬子日，直到中午，还是万里无云，烈日炎炎，仿佛在嘲笑默娘求不来雨。可就在大家快放弃希望时，

突然乌云密布，狂风大作，紧接着，大雨滂沱，酣畅淋漓，平地涨水三尺还有挂零。于是当年农民获得了大丰收。秋收之日，百姓们举办社戏演出庆祝，一齐对默娘欢呼顶礼，称赞她祈雨救难的功德无量。

默娘年二十三岁时，海中小岛出了两个妖怪：一个叫千里眼，一个叫顺风耳。这两个妖怪虽然不伤人，但时常在渔村搞破坏，而且他们耳聪目明，人们对它们无可奈何，备受其苦。最后，人们决定去请默娘前来收妖。默娘来到岛上，混在当地妇女中上山采摘。半个月后，在山中遇到了妖怪。妖怪以为默娘是民间女子，上前说：“小娘子，看你有几分姿色，不如和我回山，当我的压寨夫人吧。”默娘大声呵斥，说：“大胆妖怪，还不束手就擒！”妖怪见不妙，急忙飞起，作起妖氛毒霾，鼓动狂风，自身则化作两道火光飞驰逃窜。默娘不慌不忙，取出一条丝帕，这丝帕只有掌心大小，迎风一扬，却瞬时天朗气清，风平浪静，空中二怪跌落尘埃。二怪见无法逃脱，忙掣出板斧，打算和默娘拼个你死我活。默娘面带微笑，说：“二怪还不放下兵刃，还要等到什么时候？”话音刚落，叮当两声，二怪手中板斧脱手落地，无论如何都拾不起来，于是二怪伏法。默娘见他们耳聪目明，可见千里之事，能听大千之声，正是自己除恶扬善、造福百姓的好帮手，于是收他们作为手下，为拯救海难、驱恶扬善效力。此后，默娘继续降妖伏怪，一共收下了十八位神将随侍在身边。

默娘二十八岁那年重阳节的前一天，她对家里人说：“我喜欢清净的生活，不希望久居在凡尘世界。明天是重阳节，我想去爬山登高，就先和你们告别了。”大家都以为她要登高远眺，不知她将要成仙。第二天早晨，默娘焚香念经完毕，与姐姐们说：“今天我要登山远游，实现自己平时的心愿，道路遥远且难走，你们却不能与我同行，这是多么伤心的事呀！”默娘告别了姐姐们，登上山峰，只见山顶浓云四合，一道白气冲上天空，仿佛听到天空有丝竹管弦奏起的仙乐声响彻云天，漫天彩虹辉映，默娘乘长风驾祥云，悠悠然翱翔于苍天皎日之中。她徘徊在云间，俯视人间，若隐若现。从此之后默娘经常出来显灵。乡亲们时常能看到她在山岩水泉之旁，或盘坐于彩云雾霭之间，或穿着朱服飞翔海上。还常出现在人们的梦境中给予启示，有时也会救人于危难，甚至是护国庇民。由于她像母亲一样保护着海民，所以海民亲切地称她为“妈祖”。

在中国的东南沿海地区，尤其是福建一带，至今还流传着很多妈祖拯救海难、降妖伏魔、祛灾济世、保境安民、祈风求雨的故事。

海神妈祖

据福建莆田湄洲岛妈祖文化园
妈祖石雕像创作

文：刘天宇
绘：刘鑫阔